Texte français par A. Chagot

ISBN 978-2-211-03340-4
© 1971, l'école des loisirs, Paris, pour l'édition en langue française
© 1970, 1971 Diogeneses Verlag AG, Zürich (Suisse)
Loi numéro 49 956 du 16 juillet 1949 sur les publications
destinées à la jeunesse : mars 1987
Dépôt légal : novembre 2006
Imprimé en France par Mame à Tours

Le chapeau volant

Tomi Ungerer

lutin poche de l'école des loisirs
11, rue de Sèvres, Paris 6e

Il y avait une fois un chapeau,
un chapeau haut de forme noir,
brillant comme du satin,
avec un ruban de soie mauve.

6

Il vivait heureux sur la tête d'un homme très riche.
Un jour qu'il roulait à toute vitesse en voiture découverte,
le chapeau s'envola.
« Mon chapeau ! » cria l'homme. « Arrêtez ! »
« Non, mon chéri ! » lui dit sa fiancée. « Laissez donc
ce chapeau, nous sommes déjà tellement en retard ! »

Le vent soufflait, le chapeau volait,
de-ci, de-là, en tourbillonnant.
Il finit par se poser sur le crâne chauve
de Benito Badoglio,
un invalide de guerre qui n'avait pas un sou en poche.
« Ne tirez pas ! Je me rends ! »
s'écria le vieux soldat, tout effaré.

Quand il eut réalisé ce qui venait d'arriver,
il s'assit sur un banc pour examiner le chapeau.
À sa grande surprise, le chapeau s'échappa de ses mains,
fit une pirouette et quelques pas de danse.
« Mille tonnerres ! » cria l'invalide. « Ce chapeau
est vivant ! Reviens ici, espèce d'idiot. »

Le chapeau s'empressa d'obéir
et revint se poser sur le crâne luisant de Badoglio.
Un riche touriste qui prenait plaisir à flâner
dans la rue passait près de lui.
Juste à ce moment, un énorme pot de fleurs
tomba d'un balcon qui surplombait le trottoir.
En un éclair, le chapeau s'élança
et reçut le pot dans sa chute.
« Bravo, digne dragon, bravo, vaillant ancien ! »
dit l'étranger. « Vous m'avez sauvé la vie.
Eh bien ! Tendez votre chapeau,
et fermez les yeux ! »
Et l'étranger emplit le chapeau de billets de banque
et il y ajouta sa montre en or.
Badoglio était comblé.

Ce même jour dans toute la ville, des affiches annoncèrent
qu'Esmeralda s'était échappé. Esmeralda était un minuscule
oiseau huppé, blanc et rose, le seul de son espèce à vivre en captivité.
« Mille francs à qui le ramènera », proclamait le directeur du zoo
national. Une foule immense entourait le piédestal de la statue
d'Athéna Aviatrice, au sommet de laquelle Esmeralda était perché,
hors de toute atteinte !

Benito dit seulement :
« Rapporte ! »
Et le chapeau s'envola, cueillit l'oiseau
et revint se poser sur le crâne chauve de Benito.
La foule acclama cet extraordinaire tour de force.
Le directeur du zoo ne pouvait en croire ses yeux
lorsque Badoglio fit apparaître sa prise.

5

Avec l'argent de sa récompense, Benito Badoglio
acheta de beaux vêtements assortis à son chapeau.
Sa jambe de bois était maintenant munie d'une roulette d'argent.
Il avait l'air d'un vrai gentleman.
Un après-midi, comme il se promenait en roulant à travers
la campagne, il tressaillit en entendant un coup de fusil.
« Mille grenades, que se passe-t-il ? Ça sent la poudre ! » cria-t-il.
Le vieux soldat revivait en lui
et il se précipita vers le lieu de l'action.

17

Des soldats et des gendarmes étaient en position de combat
le long de la route. Une batterie prête à tirer était pointée en direction
d'une petite ferme. Badoglio reconnut un des officiers et demanda :
« Que se passe-t-il, capitaine Mallamorte ? »
« Nous avons, pris au piège une bande de brigands »,
répondit le capitaine.
« Ils refusent de se rendre,
mais notre canon ne tardera pas à les ramener à la raison ! »

« Attendez ! Ne tirez pas encore ! Laissez-moi faire !
Vous pouvez les prendre vivants ! »
Et Badoglio ordonna :
« Chapeau, vite, à la cheminée ! »
Le chapeau s'envola et alla coiffer la cheminée.
Bientôt, un drapeau blanc apparut
et, dans un nuage de fumée, titubants, les brigands sortirent,
l'un après l'autre, en toussant et en suffoquant.

Le lendemain matin, Badoglio lisait le journal
à la terrasse de son hôtel,
quand il remarqua un fringant lieutenant
qui parlait avec une jeune mère des derniers événements.
Tout en parlant, l'officier secouait la cendre de son gros cigare
dans le landau du bébé.

Le dessus du landau s'enflamma.
La maman, terrifiée, lâcha la voiture
qui se mit à dégringoler
l'interminable escalier
de la Perspective Messaline.
Benito Badoglio avait tout vu.

« Mille fusils ! » s'écria-t-il.
« Vite, chapeau !
Va chercher de l'eau et éteins-moi ce feu ! »

Aussitôt dit, aussitôt fait. Il y avait une fontaine tout près.
En patinant sur la balustrade, notre héros rattrapa
la funeste voiture.
Le chapeau déversa sur elle des torrents d'eau.
En un instant le feu était éteint.

Monsieur Badoglio avait à peine repris son souffle qu'un cheval,
affolé par la piqûre d'un frelon, arrivait au triple galop.
Beaucoup de gens, déjà, avaient été renversés.
La panique était à son comble. Le cheval emballé était attelé
à un tilbury, conduit par la comtesse de l'Haman d'Olline,
belle-sœur de l'Archiduc.
La comtesse hurlait de frayeur.

Sans attendre les ordres, le chapeau s'élança droit sur la tête
du cheval. Il était assez grand pour lui recouvrir à la fois
les naseaux et les yeux. Le cheval, aveuglé et le souffle coupé,
s'arrêta juste devant Badoglio, qui reçut dans ses bras
la comtesse évanouie.

Quand elle retrouva ses esprits elle demanda :

« Qui êtes-vous, courageux sauveteur ? »

« Benito Badoglio, pour vous servir, noble dame. »

« Je veux vous remercier de votre vaillant secours.
Ramenez-moi au château de l'Archiduc, je veux
vous présenter à lui. »

« Quelle femme charmante ! » pensait Benito
en roulant à côté du cheval.

L'Archiduc fut très satisfait de rencontrer le héros
dont tous les journaux chantaient la gloire.
Badoglio fut décoré sur-le-champ et nommé ministre
du Secours national.
Le lendemain, il envoya des roses à la comtesse.

Elle en fut émue et charmée.
Il était amoureux, elle devint amoureuse.

Il y eut bientôt un splendide mariage.
Badoglio et sa femme, en plein ravissement,
dansèrent toute la soirée.
À minuit, chantant sous le clair de lune,
ils partirent en voyage de noces pour la Sardaigne.
Ils roulaient en voiture découverte…
Le chapeau s'envola… La comtesse murmura :
« Laissez donc ce chapeau, mon chéri !
Je voudrais tant arriver là-bas pour le lever du soleil ! »

Le vent soufflait, le chapeau volait,
de-ci, de-là…
Où est-il à présent ? Dieu seul le sait.